目羅博士の不思議な犯罪

江戸川乱歩＋まくらくらま

初出：「文藝倶楽部」1931年4月増刊

江戸川乱歩

明治27年（1894年）三重県生まれ。早稲田大学卒業。雑誌編集、新聞記者などを経て、1923年「二銭銅貨」でデビュー。主な著書に、『怪人二十面相』、『少年探偵団』などがある。「乙女の本棚」シリーズでは本作のほかに、『悪霊物語』、『人でなしの恋』、『人間椅子』、『押絵と旅する男』がある。

まくらくらま

3月26日生まれの作家。ヨーロッパアンティークが好き。デジタルだけでなく、油絵等のアナログ画材も併用し作品をつくっている。著書に『黒猫』（ポー＋まくらくらま）、『詩集『山羊の歌』より』（中原中也＋まくらくらま）、『まくらくらまイラストカードブック ノアンティークの夢物語』、『不思議なアンティークショップ』がある。

一

私は探偵小説の筋を考える為に、方々をぶらつくことがあるが、東京を離れない場合は、大抵行先が極っている。浅草公園、花やしき、上野の博物館、同じく動物園、隅田川の乗合蒸汽、両国の国技館。（あの丸屋根が往年のパノラマ館を聯想させ、私をひきつける）今もその国技館の「お化け大会」という奴を見て帰った所だ。久しぶりで「八幡の藪不知」をくぐって、子供の時分の懐しい思出に耽ることが出来た。

　ところで、お話は、やっぱりその、原稿の催促がきびしくて、家にいたたまらず、一週間ばかり東京市内をぶらついていた時、ある日、上野の動物園で、ふと妙な人物に出合ったことから始まるのだ。

目羅博士の不思議な犯罪
うへの
Edogawa Rampo

もう夕方で、閉館時間が迫って来て、見物達は大抵帰ってしまい、館内はひっそり閑と静まり返っていた。

芝居や寄席なぞでもそうだが、最後の幕はろくろく見もしないで、下足場の混雑ばかり気にしている江戸っ子気質はどうも私の気風に合わぬ。

動物園でもその通りだ。東京の人は、なぜか帰りいそぎをする。まだ門が閉った訳でもないのに、場内はガランとして、人気もない有様だ。

私は猿の檻の前に、ぼんやり佇んで、つい今しがたまで雑沓していた、園内の異様な静けさを楽しんでいた。

猿共も、からかって呉れる対手がなくなった為か、ひっそりと、淋しそうにしている。

あたりが余りに静かだったので、暫くして、ふと、うしろに人の気配を感じた時には、何かしらゾッとした程だ。

それは髪を長く延ばした、青白い顔の青年で、折目のつかぬ服を着た、所謂「ルンペン」という感じの人物であったが、顔付の割には快活に、檻の中の猿にからかったりし始めた。

よく動物園に来るものと見えて、猿をからかうのが手に入ったものだ。餌を一つやるにも、思う存分芸当をやらせて、散々楽しんでから、やっと投げ与えるという風で、非常に面白いものだから、私はニヤニヤ笑いながら、いつまでもそれを見物していた。

「猿ってやつは、どうして、相手の真似をしたがるのでしょうね」

男が、ふと私に話しかけた。彼はその時、蜜柑の皮を上に投げては受取り、投げては受取りしていた。檻の中の一匹の猿も、彼と全く同じやり方で、蜜柑の皮を投げたり受取ったりしていた。

私が笑って見せると、男は又云った。

「真似って云うことは、考えて見ると怖いですね。神様が、猿にああいう本能をお与えなすったことがですよ」

私は、この男、哲学者ルンペンだなと思った。

「猿が真似するのはおかしいけど、人間が真似するのはおかしくありませんね。神様は人間にも、猿と同じ本能を、いくらかお与えなすった。それは考えて見ると怖いですよ。あなた、山の中で大猿に出会った旅人の話をご存じですか」

男は話ずきと見えて、段々口数が多くなる。私は、人見知りをする質で、他人から話しかけられるのは余り好きでないが、この男には、妙な興味を感じた。青白い顔とモジャモジャした髪の毛が、私をひきつけたのかも知れない。或は、彼の哲学者風な話方が気に入ったのかも知れない。

「知りません。大猿がどうかしたのですか」

私は進んで相手の話を聞こうとした。

「人里離れた深山でね、一人旅の男が、大猿に出会ったのです。そして、脇ざしを猿に取られてしまったのですよ。猿はそれを抜いて、面白半分に振り廻してかかって来る。旅人は町人なので、一本とられてしまったら、もう刀はないものだから、命さえ危くなったのです」

夕暮の猿の檻の前で、青白い男が妙な話を始めたという、一種の情景が私を喜ばせた。私は「フンフン」と合槌をうった。

「取戻そうとするけれど、相手は木昇りの上手な猿のことだから、手のつけ様がないのです。だが、旅の男は、なかなか頓智のある人で、うまい方法を考えついた。彼は、その辺に落ちていた木の枝を拾って、それを刀になぞらえ、色々な恰好をして見せた。猿の方では、神様から人真似の本能を授けられている悲しさに、旅人の仕草を一々真似始めたのです、そして、とうとう、自殺をしてしまったのです。なぜって、旅人が、猿の興に乗って来たところを見すまし、木の枝でしきりと自分の頸部をなぐって見せたからです。猿はそれを真似て抜身で自分の頸をなぐったから、たまりません。血を出して、血が出てもまだ我と我が頸をなぐりながら、絶命してしまったのです。旅人は刀を取返した上に、大猿一匹お土産が出来たというお話ですよ。ハハハ……」

男は話し終って笑ったが、妙に陰気な笑声であった。

「ハハハ……、まさか」

私が笑うと、男はふと真面目になって、

「イイエ、本当です。猿って奴は、そういう悲しい恐ろしい宿命を持っているのです。ためして見ましょうか」

男は云いながら、その辺に落ちていた木切れを、一匹の猿に投げ与え、自分はついていたステッキで、頸を切る真似をして見せた。

すると、どうだ。この男よっぽど猿を扱い慣れていたと見え、猿奴は木切れを拾って、いきなり自分の頸をキュウキュウこすり始めたではないか。

「ホラね、もしあの木切れが、本当の刀だったらどうです。あの小猿、とっくにお陀仏ですよ」

広い園内はガランとして、人っ子一人いなかった。茂った樹々の下陰には、もう夜の闇が、陰気な隈を作っていた。私は何となく身内がゾクゾクして来た。私の前に立っている青白い青年が、普通の人間でなくて、魔法使かなんかの様に思われて来た。

「真似というものの恐ろしさがお分りですか。人間だって同じですよ。人間だって、真似をしないではいられぬ、悲しい恐ろしい宿命を持って生れているのですよ。タルドという社会学者は、人間生活を『模倣』の二字でかたづけようとした程ではありませんか」

今はもう一々覚えていないけれど、青年はそれから、「模倣」の恐怖について色々と説を吐いた。彼は又、鏡というものに、異常な恐れを抱いていた。

「鏡をじっと見つめていると、怖くなりやしませんか。僕はあんな怖いものはないと思いますよ。なぜ怖いか。鏡の向側に、もう一人の自分がいて、猿の様に人真似をするからです」

そんなことを云ったのも、覚えている。

動物園の閉門の時間が来て、係りの人に追いたてられて、私達はそこを出たが、出てからも別れてしまわず、もう暮れきった上野の森を、話しながら、肩を並べて歩いた。

「僕知っているんです。あなた江戸川さんでしょう。探偵小説の」

暗い木の下道を歩いていて、突然そう云われた時に、私は又してもギョッとした。相手がえたいの知れぬ、恐ろしい男に見えて来た。と同時に、彼に対する興味も一段と加わって来た。

「愛読しているんです。近頃のは正直に云うと面白くないけれど、以前のは、珍らしかったせいか、非常に愛読したものですよ」

男はズケズケ物を云った。それも好もしかった。

「アア、月が出ましたね」

青年の言葉は、ともすれば急激な飛躍をした。ふと、こいつ気違いではないかと、思われる位であった。

「今日は十四日でしたかしら。殆ど満月ですね。降り注ぐ様な月光というのは、これでしょうね。月の光て、なんて変なものでしょう。月光が妖術を使うという言葉を、どっかで読みましたが、本当ですね。同じ景色が、昼間とはまるで違って見えるではありませんか。あなたの顔だって、そうですよ。さい前、猿の檻の前に立っていらしったあなたとは、すっかり別の人に見えますよ」

そう云って、ジロジロ顔を眺められると、私も変な気持になって、相手の顔の、隈になった両眼が、黒ずんだ唇が、何かしら妙な怖いものに見え出したものだ。

「月と云えば、鏡に縁がありますね。水月という言葉や、『月が鏡となればよい』という文句が出来て来たのは、月と鏡と、どこか共通点がある証拠ですよ。ごらんなさい、この景色を」

彼が指さす眼下には、いぶし銀の様にかすんだ、昼間の二倍の広さに見える不忍池が拡がっていた。

「昼間の景色が本当のもので、今月光に照らされているのは、其昼間の景色が鏡に写っている、鏡の中の影だとは思いませんか」

青年は、彼自身も又、鏡の中の影の様に、薄ぼんやりした姿で、ほの白い顔で、云った。

「あなたは、小説の筋を探していらっしゃるのではありませんか。僕一つ、あなたにふさわしい筋を持っているのですが、僕自身の経験した事実談ですが、お話ししましょうか。聞いて下さいますか」

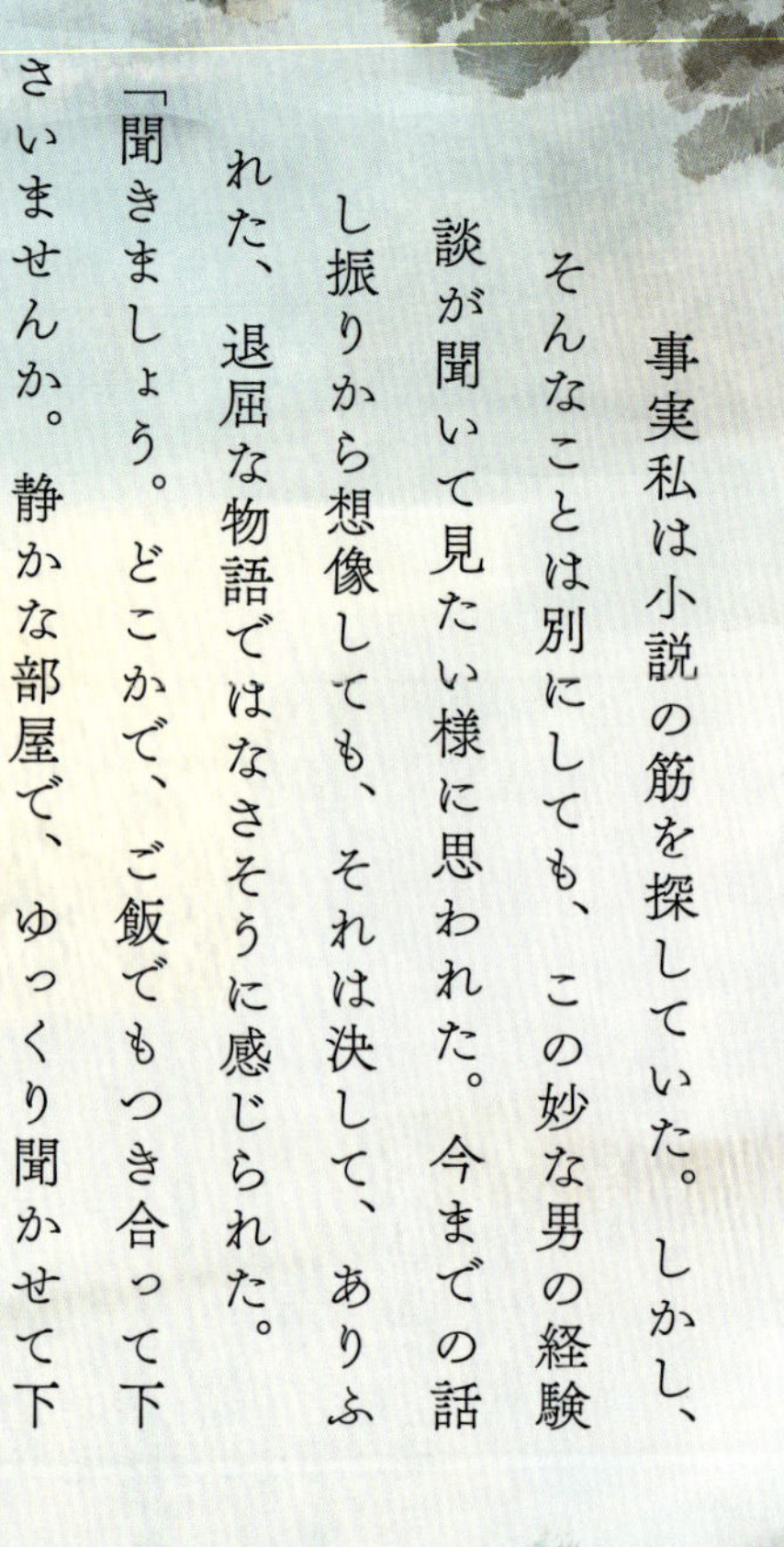

事実私は小説の筋を探していた。しかし、そんなことは別にしても、この妙な男の経験談が聞いて見たい様に思われた。今までの話し振りから想像しても、それは決して、ありふれた、退屈な物語ではなさそうに感じられた。

「聞きましょう。どこかで、ご飯でもつき合って下さいませんか。静かな部屋で、ゆっくり聞かせて下さい」

私が云うと、彼はかぶりを振って、

「ご馳走を辞退するのではありません。僕は遠慮なんかしません。併し、僕のお話は、明るい電燈には不似合です。あなたさえお構いなければ、ここで、

ここのベンチに腰かけて、妖術使いの月光をあびながら、巨大な鏡に映った不忍池を眺めながら、お話ししましょう。そんなに長い話ではないのです」

私は青年の好みが気に入った。そこで、あの池を見はらす高台の、林の中の捨て石に、彼と並んで腰をおろし、青年の異様な物語を聞くことにした。

二

「ドイルの小説に『恐怖の谷』というのがありましたね」

青年は唐突に始めた。

「あれは、どっかの嶮しい山と山が作っている峡谷のことでしょう。だが、恐怖の谷は何も自然の峡谷ばかりではありませんよ。この東京の真中の、丸の内にだって恐ろしい谷間があるのです。

高いビルディングとビルディングとの間にはさまっている、細い道路。そこは自然の峡谷よりも、ずっと嶮しく、ずっと陰気です。文明の作った幽谷です。科学の作った谷底です。その谷底の道路から見た、両側の六階七階の殺風景なコンクリート建築は、自然の断崖の様に、青葉もなく、季節季節の花もなく、目に面白いでこぼこもなく、文字通り斧でたち割った、巨大な鼠色の裂目に過ぎません。見上る空は帯の様に細いのです。日も月も、一日の間にホンの数分間しか、まともには照らないのです。その底からは昼間でも星が見える位です。不思議な冷い風が、絶えず吹きまくっています。

そういう峡谷の一つに、大地震以前まで、僕は住んでいたのです。建物の正面は丸の内のS通りに面していました。正面は明るくて立派なのです。併し、一度背面に廻ったら、別のビルディングと背中合わせで、お互に殺風景な、コンクリート丸出しの、窓のある断崖が、たった二間巾程の通路を挟んで、向き合っています。都会の幽谷というのは、つまりその部分なのです。

ビルディングの部屋部屋は、たまには住宅兼用の人もありましたが、大抵は昼間丈けのオフィスで、夜は皆帰ってしまいます。昼間賑かな丈けに、夜の淋しさといったらありません。丸の内の真中で、ふくろが鳴くかと怪まれる程、本当に深山の感じです。例のうしろ側の峡谷も、夜こそ文字通り峡谷です。

僕は、昼間は玄関番を勤め、夜はそのビルディングの地下室に寝泊りしていました。四五人泊り込みの仲間があったけれど、僕は絵が好きで、暇さえあれば、独りぼっちで、カンヴァスを塗りつぶしていました。自然他の連中とは口も利かない様な日が多かったのです。

その事件が起ったのは、今いううしろ側の峡谷なのですから、そこの有様を少しお話しして置く必要があります。そこには建物そのものに、実に不思議な、気味の悪い暗合があったのです。暗合にしては、あんまりぴったり一致し過ぎているので、僕は、その建物を設計した技師の、気まぐれないたずらではないかと思ったものです。

というのは、其二つのビルディングは、同じ位の大きさで、両方とも五階でしたが、表側や、側面は、壁の色なり装飾なり、まるで違っている癖に、峡谷の側の背面丈けは、どこからどこまで、寸分違わぬ作りになっていたのです。屋根の形から、鼠色の壁の色から、各階に四つずつ開いている窓の構造から、まるで写真に写した様に、そっくりなのです。若しかしたら、コンクリートのひび割れまで、同じ形をしていたかも知れません。

その峡谷に面した部屋は、一日に数分間（というのはちと大袈裟ですが）まあほんの瞬くひましか日がささぬので、自然借り手がつかず、殊に一番不便な五階などは、いつも空部屋になっていましたので、僕は暇なときには、カンヴァスと絵筆を持って、よくその空き部屋へ入り込んだものです。そして、窓から覗く度毎に、向うの建物が、まるでこちらの写真の様に、よく似ていることを、不気味に思わないではいられませんでした。何か恐ろしい出来事の前兆みたいに感じられたのです。

そして、其僕の予感が、間もなく的中する時が来たではありませんか。五階の北の端の窓で、首くくりがあったのです。しかも、それが、少し時を隔てて、三度も繰返されたのです。

最初の自殺者は、中年の香料ブローカーでした。その人は初め事務所を借りに来た時から、何となく印象的な人物でした。商人の癖に、どこか商人らしくない、陰気な、いつも何か考えている様な男でした。この人はひょっとしたら、裏側の峡谷に面した、日のささぬ部屋を借りるかも知れないと思っていると、案の定、そこの五階の北の端の、一番人里離れた（ビルディングの中で、人里はおかしいですが、如何にも人里離れたという感じの部屋でした）一番陰気な、随って室料も一番廉い二部屋続きの室を選んだのです。

そうですね、引越して来て、一週間もいましたかね、兎に角極く僅かの間でした。

その香料ブローカーは、独身者だったので、一方の部屋を寝室にして、そこへ安物のベッドを置いて、夜は、例の幽谷を見おろす、陰気な断崖の、人里離れた岩窟の様なその部屋に、独りで寝泊りしていました。そして、ある月のよい晩のこと、窓の外に出っ張っている、電線引込用の小さな横木に細引をかけて、首を縊って自殺をしてしまったのです。

朝になって、その辺一帯を受持っている、道路掃除の人夫が、遥か頭の上の、断崖のてっぺんにブランブラン揺れている縊死者を発見して、大騒ぎになりました。

彼が何故自殺をしたのか、結局分らないままに終りました。色々調べて見ても、別段事業が思わしくなかった訳でも、借金に悩まされていた訳でもなく、独身者のこと故、家庭的な煩悶があったというでもなく、そうかといって、痴情の自殺、例えば失恋という様なことでもなかったのです。

『魔がさしたんだ、どうも、最初来た時から、妙に沈み勝ちな、変な男だと思った』

人々はそんな風にかたづけてしまいました。一度はそれで済んでしまったのです。ところが、間もなく、その同じ部屋に、次の借手がつき、その人は寝泊りしていた訳ではありませんが、ある晩徹夜の調べものをするのだといって、その部屋にとじこもっていたかと思うと、翌朝は、又ブランコ騒ぎです。全く同じ方法で、首を縊って自殺をとげたのです。

やっぱり、原因は少しも分りませんでした。今度の縊死者は、香料ブローカーと違って、極く快活な人物で、その陰気な部屋を選んだのも、ただ室料が低廉だからという単純な理由からでした。恐怖の谷に開いた、呪いの窓。その部屋へ入ると、何の理由もなく、ひとりでに死に度くなって来るのだ。という怪談めいた噂が、ヒソヒソと囁かれました。

三度目の犠牲者は、普通の部屋借り人ではありませんでした。そのビルディングの事務員に、一人の豪傑がいて、俺が一つためして見ると云い出したのです。化物屋敷を探険でもする様な、意気込みだったのです」

青年が、そこまで話し続けた時、私は少々彼の物語に退屈を感じて、口をはさんだ。

「で、その豪傑も同じ様に首を縊ったのですか」

青年は一寸（ちょっと）驚いた様に、私の顔を見たが、

「そうです」

と不快らしく答えた。

「一人が首を縊ると、同じ場所で、何人も何人も首を縊る。つまりそれが、模倣の本能の恐ろしさだということになるのですか」

「アア、それで、あなたは退屈なすったのですね。違います。違います。そんなつまらないお話ではないのです」

青年はホッとした様子で、私の思い違いを訂正した。

「魔の踏切りで、いつも人死（ひとじに）があるという様な、あの種類の、ありふれたお話ではないのです」

「失敬しました。どうか先をお話し下さい」

私は慇懃（いんぎん）に、私の誤解を詫（わ）びた。

三

「事務員は、たった一人で、三晩というものその魔の部屋にあかしました。しかし何事もなかったのです。彼は悪魔払いでもした顔で、大威張りです。そこで、僕は云ってやりました。『あなたの寝た晩は、三晩とも、曇っていたじゃありませんか。月が出なかったじゃありませんか』とね」

「ホホウ、その自殺と月とが、何か関係でもあったのですか」

私はちょっと驚いて、聞き返した。

「エエ、あったのです。最初の香料ブローカーも、その次の部屋借り人も、月の冴えた晩に死んだことを、僕は気づいていました。月が出なければ、あの自殺は起らないのだ。それも、狭い峡谷に、ほんの数分間、白銀色の妖光がさし込んでいる、その間に起るのだ。月光の妖術なのだ。と僕は信じきっていたのです」

青年は云いながら、おぼろに白い顔を上げて、月光に包まれた脚下の不忍池を眺めた。

そこには、青年の所謂巨大な鏡に写った、池の景色が、ほの白く、妖しげに横わっていた。

「これです。この不思議な月光の魔力です。月光は、冷い火の様な、陰気な激情を誘発します。人の心が燐の様に燃え上るのです。その不可思議な激情が、例えば『月光の曲』を生むのです。詩人ならずとも、月に無常を教えられるのです。『芸術的狂気』という言葉が許されるならば、月は人を『芸術的狂気』に導くものではありますまいか」

　青年の話術が、少々ばかり私を辟易させた。

「で、つまり、月光が、その人達を縊死させたとおっしゃるのですか」

「そうです。半ばは月光の罪でした。併し、月の光りが、直に人を自殺させる訳はありません。若しそうだとすれば、今、こうして満身に月の光をあびている私達は、もうそろそろ、首を縊らねばならぬ時分ではありますまいか」

　鏡に写った様に見える、青白い青年の顔が、ニヤニヤと笑った。私は、怪談を聞いている子供の様な、おびえを感じないではいられなかった。

「その豪傑事務員は、四日目の晩も、魔の部屋で寝たのです。そして、不幸なことには、その晩は月が冴えていたのです。

私は真夜半に、地下室の蒲団の中で、ふと目を覚まし、高い窓からさし込む月の光を見て、何かしらハッとして、思わず起き上りました。そして、寝間着のまま、エレベーターの横の、狭い階段を、夢中で五階まで駈け昇ったのです。真夜半のビルディングが、昼間の賑かさに引きかえて、どんなに淋しく、物凄いものだか、ちょっとご想像もつきますまい。何百という小部屋を持った、大きな墓場です。話に聞く、ローマのカタコムです。全くの暗闇ではなく、廊下の要所要所には、電燈がついているのですが、そのほの暗い光が一層恐ろしいのです。

やっと五階の、例の部屋にたどりつくと、私は、夢遊病者の様に、廃墟のビルディングを、さまよっている自分自身が怖くなって、狂気の様にドアを叩きました。その事務員の名を呼びました。だが、中からは何の答えもないのです。私自身の声が、廊下にこだまして、淋しく消えて行く外には。

引手を廻すと、ドアは難なく開きました。室内には、隅の大テーブルの上に、青い傘の卓上電燈が、しょんぼりとついていました。その光で見廻しても、誰もいないのです。ベッドはからっぽなのです。そして、例の窓が、一杯に開かれていたのです。

窓の外には、向う側のビルディングが、五階の半ばから屋根にかけて、逃げ去ろうとする月光の、最後の光をあびて、おぼろ銀に光っていました。こちらの窓の真向うに、そっくり同じ形の窓が、やっぱりあけ放されて、ポッカリと黒い口を開いています。何もかも同じなのです。それが妖しい月光に照らされて、一層そっくりに見えるのです。

僕は恐ろしい予感に顫えながら、それを確める為に、窓の外へ首をさし出したのですが、直ぐその方を見る勇気がないものだから、先ず遥かの谷底を眺めました。月光は向う側の建物のホンの上部を照らしているばかりで、建物と建物との作るはざまは、真暗に奥底も知れぬ深さに見えるのです。

それから、僕は、云うことを聞かぬ首を、無理に、ジリジリと、右の方へねじむけて行きました。建物の壁は、蔭になっているけれど、向側の月あかりが反射して、物の形が見えぬ程ではありません。ジリジリと眼界を転ずるにつれて、果して、予期していたものが、そこに現われて来ました。黒い洋服を着た男の足です。ダラリと垂れた手首です。伸び切った上半身です。深くくびれた頸です。二つに折れた様に、ガックリと垂れた頭です。豪傑事務員は、やっぱり月光の妖術にかかって、そこの電線の横木に首を吊っていたのでした。

僕は大急ぎで、窓から首を引こめました。僕自身妖術にかかっては大変だと思ったのかも知れません。ところが、その時です。首を引こめようとして、ヒョイと向側を見ると、そこの、同じ様にあけはなされた窓から、真黒な四角な穴から、人間の顔が覗いていたではありませんか。その顔丈けが月光を受けて、クッキリと浮上っていたのです。月の光の中でさえ、黄色く見える、しぼんだ様な、寧ろ畸形な、いやないやな顔でした。そいつが、じっとこちらを見ていたではありませんか。

僕はギョッとして、一瞬間、立ちすくんでしまいました。余り意外だったからです。なぜといって、まだお話しなかったかも知れませんが、その向側のビルディングは、所有者と担保に取った銀行との間に、もつれた裁判事件が起っていて、其当時は、全く空家になっていたからです。人っ子一人住んでいなかったからです。

真夜半の空家に人がいる。しかも、問題の首吊りの窓の真正面の窓から、黄色い、物の怪の様な顔を覗かせている。ただ事ではありません。若しかしたら、僕は幻を見ているのではないかしら。そして、あの黄色い奴の妖術で、今にも首が吊り度くなるのではないかしら。

ゾーッと、背中に水をあびた様な恐怖を感じながらも、僕は向側の黄色い奴から目を離しませんでした。よく見ると、そいつは痩せ細った、小柄の、五十位の爺さんなのです。爺さんは、じっと僕の方を見ていましたが、やがて、さも意味ありげに、ニヤリと大きく笑ったかと思うと、ふっと窓の闇の中へ見えなくなってしまいました。その笑い顔のいやらしかったこと。まるで相好が変って、顔中が皺くちゃになって、口丈けが、裂ける程、左右に、キューッと伸びたのです」

四

「翌日、同僚や、別のオフィスの小使爺さんなどに尋ねて見ましたが、あの向側のビルディングが空家で、夜は番人さえいないことが明かになりました。やっぱり僕は幻を見たのでしょうか。三度も続いた、全く理由のない、奇怪千万な自殺事件については、警察でも、一応は取調べましたけれど、自殺ということは、一点の疑いもないのですから、ついそのままになってしまいました。併し僕は理外の理を信じる気にはなれません。あの部屋で寝るものが、揃いも揃って、気違いになったという様な荒唐無稽な解釈では満足が出来ません。あの黄色い奴が曲物だ。あいつが三人の者を殺したのだ。丁度首吊りのあった晩、同じ真向うの窓から、あいつが覗いていた。そして、意味ありげにニヤニヤ笑っていた。そこに何かしら恐ろしい秘密が伏在しているのだ。僕はそう思い込んでしまったのです。

ところが、それから一週間程たって、僕は驚くべき発見をしました。

ある日の事、使いに出た帰りがけ、例の空きビルディングの表側の大通りを歩いていますと、そのビルディングのすぐ隣に、三菱何号館とか云う、古風な煉瓦作りの、小型の、長屋風の貸事務所が並んでいるのですが、そのとある一軒の石段をピョイピョイと飛ぶ様に昇って行く、一人の紳士が、僕の注意を惹いたのです。

それはモーニングを着た、小柄の、少々猫背の、老紳士でしたが、横顔にどこか見覚えがある様な気がしたので、立止って、じっと見ていますと、紳士は事務所の入口で、靴を拭きながら、ヒョイと、僕の方を振り向いたのです。僕はハッとばかり、息が止まる様な驚きを感じました。なぜって、その立派な老紳士が、いつかの晩、空ビルディングの窓から覗いていた、黄色い顔の怪物と、そっくりそのままだったからです。

紳士が事務所の中へ消えてしまってから、そこの金看板を見ると、目羅眼科、医学博士目羅聊斎と記してありました。僕はその辺にいた車夫を捉えて、今入って行ったのが目羅博士その人であることを確めました。

医学博士ともあろう人が、真夜中、空ビルディングに入り込んで、しかも首吊り男を見て、ニヤニヤ笑っていたという、この不可思議な事実を、どう解釈したらよいのでしょう。僕は烈しい好奇心を起さないではいられませんでした。それからというもの、僕はそれとなく、出来る丈け多くの人から、目羅聊斎の経歴なり、日常生活なりを聞き出そうと力めました。

目羅氏は古い博士の癖に、余り世にも知られず、お金儲けも上手でなかったと見え、老年になっても、そんな貸事務所などで開業していた位ですが、非常な変り者で、患者の取扱いなども、いやに不愛想で、時としては気違いめいて見えることさえあるということでした。奥さんも子供もなく、ずっと独身を通して、今も、その事務所を住いに兼用して、そこに寝泊りしているということも分りました。又、彼は非常な読書家で、専門以外の、古めかしい哲学書だとか、心理学や犯罪学などの書物を、沢山持っているという噂も聞き込みました。

目羅眼科
医學博士
目羅聊斎

『あすこの診察室の奥の部屋にはね、ガラス箱の中に、ありとあらゆる形の義眼が、ズラリと並べてあって、その何百というガラスの目玉が、じっとこちらを睨んでいるのだよ。義眼もあれ丈け並ぶと、実に気味の悪いものだね。それから、眼科にあんなものがどうして必要なのか、骸骨だとか、等身大の蝋人形などが、二つも三つも、ニョキニョキと立っているのだよ』

僕のビルディングのある商人が、目羅氏の診察を受けた時の奇妙な経験を聞かせてくれました。

僕はそれから、暇さえあれば、博士の動静に注意を怠りませんでした。一方、空ビルディングの、例の五階の窓も、時々こちらから覗いて見ましたが、別段変ったこともありません。黄色い顔は一度も現われなかったのです。

どうしても目羅博士が怪しい。あの晩向側の窓から覗いていた黄色い顔は、博士に違いない。だが、どう怪しいのだ。若しあの三度の首吊りが自殺でなくて、目羅博士の企らんだ殺人事件であったと仮定しても、では、なぜ、如何なる手段によって、と考えて見ると、パッタリ行詰まってしまうのです。それでいて、やっぱり目羅博士が、あの事件の加害者の様に思われて仕方がないのです。

毎日毎日僕はそのことばかり考えていました。ある時は、博士の事務所の裏の煉瓦塀によじ昇って、窓越しに、博士の私室を覗いたこともあります。その私室に、例の骸骨だとか、蝋人形だとか、義眼のガラス箱などが置いてあったのです。

でもどうしても分りません。峡谷を隔てた、向側のビルディングから、どうしてこちらの部屋の人間を、自由にすることが出来るのか、分り様がないのです。催眠術？　イヤ、それは駄目です。死という様な重大な暗示は、全く無効だと聞いています。

ところが、最後の首吊りがあってから、半年程たって、やっと僕の疑いを確める機会がやって来ました。例の魔の部屋に借り手がついたのです。借り手は大阪から来た人で、怪しい噂を少しも知りませんでしたし、ビルディングの事務所にしては、少しでも室料の稼ぎになることですから、何も云わないで、貸してしまったのです。まさか、半年もたった今頃、また同じことが繰返されようとは、考えもしなかったのでしょう。

併し、少くも僕丈けは、この借手も、きっと首を吊るに違いないと信じきっていました。そして、どうかして、僕の力で、それを未然に防ぎたいと思ったのです。

その日から、仕事はそっちのけにして、目羅博士の動静ばかりうかがっていました。そして、僕はとうとう、それを嗅ぎつけたのです。博士の秘密を探り出したのです」

五

「大阪の人が引越して来てから、三日目の夕方のこと、博士の事務所を見張っていた僕は、彼が何か人目を忍ぶ様にして、往診の鞄も持たず、徒歩で外出するのを見逃がしませんでした。無論尾行したのです。すると、博士は意外にも、近くの大ビルディングの中にある、有名な洋服店に入って、沢山の既製品の中から、一着の背広服を選んで買求め、そのまま事務所へ引返しました。

　いくらはやらぬ医者だからといって、博士自身がレディメードを着る筈はありません。といって、書生に着せる服なれば、何も主人の博士が、人目を忍んで買いに行くことはないのです。こいつは変だぞ。一体あの洋服を何に使うのだろう。僕は博士の消えた事務所の入口を、うらめしそうに見守りながら、暫く佇んでいましたが、ふと気がついたのは、さっきお話した、裏の塀に昇って、博士の私室を隙見することです。ひょっとしたら、あの部屋で、何かしているのが見られるかも知れない。と思うと、僕はもう、事務所の裏側へ駈け出していました。

塀にのぼって、そっと覗いて見ると、やっぱり博士はその部屋にいたのです。しかも、実に異様な事をやっているのが、ありありと見えたのです。

黄色い顔のお医者さんが、そこで、何をしていたと思います。蝋人形にね、ホラさっきお話した等身大の蝋人形ですよ。あれに、今買って来た洋服を着せていたのです。それを何百というガラスの目玉が、じっと見つめていたのです。

探偵小説家のあなたには、ここまで云えば、何もかもお分りになったことでしょうね。僕もその時、ハッと気がついたのです。そして、その老医学者の余りにも奇怪な着想に、驚嘆してしまったのです。

蝋人形に着せられた既製洋服は、なんと、あなた、色合から縞柄まで、例の魔の部屋の新しい借手の洋服と、寸分違わなかったではありませんか。博士はそれを、沢山の既製品の中から探し出して、買って来たのです。

もうぐずぐずしてはいられません。丁度月夜の時分でしたから、今夜にも、あの恐ろしい椿事が起るかも知れません。何とかしなければ、何とかしなければ。僕は地だんだを踏む様にして、頭の中を探し廻りました。そして、ハッと、我ながら驚く程の、すばらしい手段を思いついたのです。あなたもきっと、それをお話したら、手を打って感心して下さるでしょうと思います。

僕はすっかり準備をととのえて夜になるのを待ち、大きな風呂敷包みを抱えて、魔の部屋へと上って行きました。新来の借手は、夕方には自宅へ帰ってしまうので、ドアに鍵がかかっていましたが、用意の合鍵でそれを開けて、部屋に入り、机によって、夜の仕事に取りかかる風を装いました。例の青い傘の卓上電燈が、その部屋の借手になりすました私の姿を照らしています。服は、その人のものとよく似た縞柄のを、同僚の一人が持っていましたので、僕はそれを借りて着込んでいたのです。髪の分け方なども、その人に見える様に注意したことは云うまでもありません。そして、例の窓に背中を向けてじっとしていました。

云うまでもなく、それは、向うの窓の黄色い顔の奴に、僕がそこにいることを知らせる為ですが、僕の方からは、決してうしろを振向かぬ様にして、相手に存分隙を与える工風をしました。

三時間もそうしていたでしょうか。果して僕の想像が的中するかしら。そして、こちらの計画がうまく奏効するだろうか。実に待遠しい、ドキドキする三時間でした。もう振向こうか、もう振向こうかと、辛抱がし切れなくなって、幾度頸を廻しかけたか知れません。が、とうとうその時機が来たのです。

腕時計が十時十分を指していました。ホウ、ホウと二声、梟の鳴声が聞えたのです。ハハア、これが合図だな、梟の鳴声で、窓の外を覗かせる工夫だな。丸の内の真中で梟の声がすれば、誰しもちょっと覗いて見たくなるだろうからな。と悟ると、僕はもう躊躇せず、椅子を立って、窓際へ近寄りガラス戸を開きました。

向側の建物は、一杯に月の光をあびて、銀鼠色に輝いていました。前にお話しした通り、それがこちらの建物と、そっくりそのままの構造なのです。何という変な気持でしょう。こうしてお話ししたのでは、とても、あの気違いめいた気持は分りません。突然、眼界一杯の、べら棒に大きな、鏡の壁が出来た感じです。その鏡に、こちらの建物が、そのまま写っている感じです。構造の相似の上に、月光の妖術が加わって、そんな風に見せるのです。

僕の立っている窓は、真正面に見えています。ガラス戸の開ているのも同じです。それから、僕自身は……オヤ、この鏡は変だぞ。僕の姿丈け、のけものにして、写してくれないのかしら。

……ふとそんな気持になるのです。ならないではいられぬのです。

そこに身の毛もよだつ陥穽があるのです。

ハテナ、俺はどこに行ったのかしら。確かにこうして、窓際に立っている筈だが。キョロキョロと向うの窓を探します。探さないではいられぬのです。

すると、僕は、ハッと、僕自身の影を発見します。併し、窓の中ではありません。外の壁の上にです。電線用の横木から、細引でぶら下った自分自身をです。

『アア、そうだったか。俺はあすこにいたのだった』

こんな風に話すと、滑稽に聞えるかも知れませんね。あの気持は口では云えません。悪夢です。そうです。悪夢の中で、そうする積りはないのに、ついそうなってしまう、あの気持です。鏡を見ていて、自分は目を開いているのに、鏡の中の自分が、目をとじていたとしたら、どうでしょう。自分も同じ様に目をとじないではいられなくなるのではありませんか。で、つまり鏡の影と一致させる為に、僕は首を吊らずにはいられなくなるのです。向側では自分自身が首を吊っている。それに、本当の自分が、安閑と立ってなぞいられないのです。

首吊りの姿が、少しも怖しくも醜くも見えないのです。ただ美しいのです。

絵なのです。自分もその美しい絵になり度い衝動を感じるのです。

若し月光の妖術の助けがなかったら、目羅博士の、この幻怪なトリックは、全く無力であったかも知れません。

無論お分りのことと思いますが、博士のトリックというのは、例の蝋人形に、こちらの部屋の住人と同じ洋服を着せて、こちらの電線横木と同じ場所に木切れをとりつけ、そこへ細引でブランコをさせて見せるという、簡単な事柄に過ぎなかったのです。全く同じ構造の建物と、妖しい月光とが、それにすばらしい効果を与えたのです。

このトリックの恐ろしさは、予めそれを知っていた僕でさえ、うっかり窓枠へ片足をかけて、ハッと気がついた程でした。

僕は麻酔から醒める時と同じ、あの恐ろしい苦悶と戦いながら、用意の風呂敷包みを開いて、じっと向うの窓を見つめてました。

何と待遠しい数秒間――だが、僕の予想は的中しました。僕の様子を見る為めに、向うの窓から、例の黄色い顔が、即ち目羅博士が、ヒョイと覗いたのです。

待ち構えていた僕です。その一刹那（せつな）を捉えないでどうするものですか。

風呂敷の中の物体を、両手で抱き上げて、窓枠の上へ、チョコンと腰かけさせました。

それが何であったか、ご存じですか。やっぱり蝋人形なのですよ。僕は、例の洋服屋からマネキン人形を借り出して来たのです。それに、モーニングを着せて置いたのです。目羅博士が常用しているのと、同じ様な奴をね。

その時月光は谷底近くまでさし込んでいましたので、その反射で、こちらの窓も、ほの白く、物の姿はハッキリ見えたのです。

僕は果し合いの様な気持で、向うの窓の怪物を見つめていました。畜生(ちくしょう)、これでもか、これでもかと、心の中でりきみながら。

するとどうでしょう。人間はやっぱり、猿と同じ宿命を、神様から授かっていたのです。

目羅博士は、彼自身が考え出したトリックと、同じ手にかかってしまったのです。小柄の老人は、みじめにも、ヨチヨチと窓枠をまたいで、こちらのマネキンと同じ様に、そこへ腰かけたではありませんか。

僕は人形使いでした。
マネキンのうしろに立って、手を上げれば、向うの博士も
手を上げました。
足を振れば、博士も振りました。
そして、次に、僕が何をしたと思います。
ハハハ……、人殺しをしたのですよ。

窓枠に腰かけているマネキンを、うしろから、力一杯つきとばしたのです。人形はカランと音を立てて、窓の外へ消えました。と殆ど同時に、向側の窓からも、こちらの影の様に、モーニング姿の老人が、スーッと風を切って、遥かの遥かの谷底へと、墜落して行ったのです。

そして、クシャッという、物をつぶす様な音が、幽かに聞えて来ました。

……………目羅博士は死んだのです。

僕は、嘗ての夜、黄色い顔が笑った様な、あの醜い笑いを笑いながら、右手に握っていた紐を、たぐりよせました。スルスルと、紐について、借り物のマネキン人形が、窓枠を越して、部屋の中へ帰って来ました。

それを下へ落してしまって、殺人の嫌疑をかけられては大変ですからね」

語り終って、青年は、その黄色い顔の博士の様に、ゾッとする微笑を浮べて、私をジロジロと眺めた。

「目羅博士の殺人の動機ですか。それは探偵小説家のあなたには、申し上げるまでもないことです。何の動機がなくても、人は殺人の為に殺人を犯すものだということを、知り抜いていらっしゃるあなたにはね」

青年はそう云いながら、立上って、私の引留める声も聞えぬ顔に、サッサと向うへ歩いて行ってしまった。

私は、もやの中へ消えて行く、彼のうしろ姿を見送りながら、さんさんと降りそそぐ月光をあびて、ボンヤリと捨石（すていし）に腰かけたまま動かなかった。

青年と出会ったことも、彼の物語も、はては青年その人さえも、彼の所謂「月光の妖術」が生み出した、あやしき幻ではなかったのかと、あやしみながら。

※本書には、現在の観点から見ると差別用語と取られかねない表現が含まれていますが、原文の歴史性を考慮してそのままとしました。

乙女の本棚シリーズ

［左上から］

『女生徒』太宰治＋今井キラ／『猫町』萩原朔太郎＋しきみ
『葉桜と魔笛』太宰治＋紗久楽さわ
『檸檬』梶井基次郎＋げみ
『押絵と旅する男』江戸川乱歩＋しきみ
『瓶詰地獄』夢野久作＋ホノジロトヲジ
『蜜柑』芥川龍之介＋げみ／『夢十夜』夏目漱石＋しきみ
『外科室』泉鏡花＋ホノジロトヲジ
『赤とんぼ』新美南吉＋ねこ助
『月夜とめがね』小川未明＋げみ
『夜長姫と耳男』坂口安吾＋夜汽車
『桜の森の満開の下』坂口安吾＋しきみ
『死後の恋』夢野久作＋ホノジロトヲジ
『山月記』中島敦＋ねこ助
『秘密』谷崎潤一郎＋マツオヒロミ
『魔術師』谷崎潤一郎＋しきみ
『人間椅子』江戸川乱歩＋ホノジロトヲジ
『春は馬車に乗って』横光利一＋いとうあつき
『魚服記』太宰治＋ねこ助
『刺青』谷崎潤一郎＋夜汽車
『詩集『抒情小曲集』より』室生犀星＋げみ
『Kの昇天』梶井基次郎＋しらこ
『詩集『青猫』より』萩原朔太郎＋しきみ
『春の心臓』イェイツ（芥川龍之介訳）＋ホノジロトヲジ
『鼠』堀辰雄＋ねこ助
『詩集『山羊の歌』より』中原中也＋まくらくらま
『人でなしの恋』江戸川乱歩＋夜汽車
『夜叉ヶ池』泉鏡花＋しきみ
『待つ』太宰治＋今井キラ／『高瀬舟』森鷗外＋げみ
『ルルとミミ』夢野久作＋ねこ助
『駈込み訴え』太宰治＋ホノジロトヲジ
『木精』森鷗外＋いとうあつき
『黒猫』ポー（斎藤寿葉訳）＋まくらくらま
『恋愛論』坂口安吾＋しきみ
『二人の稚児』谷崎潤一郎＋夜汽車
『猿ヶ島』太宰治＋すり餌
『人魚の嘆き』谷崎潤一郎＋ねこ助
『藪の中』芥川龍之介＋おく
『悪霊物語』江戸川乱歩＋粟木こぼね
『目羅博士の不思議な犯罪』江戸川乱歩＋まくらくらま

［左から］

『悪魔　乙女の本棚作品集』しきみ
『縊死体　乙女の本棚作品集』ホノジロトヲジ

目羅博士の不思議な犯罪

2024年 10月18日　第1版1刷発行

著者　江戸川 乱歩
絵　まくらくらま

発行人　松本 大輔
編集人　橋本 修一
デザイン　根本 綾子(Karon)
協力　神田 岬
担当編集　切刀 匠

発行：立東舎
発売：株式会社リットーミュージック
〒101-0051 東京都千代田区神田神保町一丁目105番地

印刷・製本：株式会社広済堂ネクスト

【本書の内容に関するお問い合わせ先】
info@rittor-music.co.jp
本書の内容に関するご質問は、Eメールのみでお受けしております。
お送りいただくメールの件名に「目羅博士の不思議な犯罪」と記載してお送りください。
ご質問の内容によりましては、しばらく時間をいただくことがございます。
なお、電話やFAX、郵便でのご質問、本書記載内容の範囲を超えるご質問につきましてはお答えできませんので、
あらかじめご了承ください。

【乱丁・落丁などのお問い合わせ】
service@rittor-music.co.jp

Printed in Japan　ISBN978-4-8456-4105-5
定価はカバーに表示しております。